AF356025

CATALOGUE

DE

PIÈCES GOTHIQUES

RARES ET CURIEUSES

ET

AUTRES OUVRAGES PRINCIPALEMENT RELATIFS A L'HISTOIRE

PROVENANT DES

RECUEILS DE LA BIBLIOTHÈQUE DU CHATEAU DE SAINT-YLIE.

Dont la vente aura lieu le mardi 30 novembre 1869,
à 7 heures du soir

Rue des Bons-Enfants, 28 (maison Silvestre)
SALLE N° 1

Par le ministère de M° **DELBERGUE-CORMONT**, commissaire-priseur
Rue de Provence, 8

Heures d'Amyens, gothique. — Coustumier de Normandie, gothique. — Arétin, des vertus morales, gothique. — Albert Durer, 1525. — Corneille, Éditions originales, in-12. — Corneille, 1682. — Molière, 1691. — Le Siége de Pavie, in-4, gothique. — Le Règne de fortune, in-4, gothique. — Couronnement de Charles Quint, in-4, gothique. — Historia general de la América, etc., etc.

PARIS

ADOLPHE LABITTE, LIBRAIRE

4, RUE DE LILLE, 4.

1869

CONDITIONS DE LA VENTE.

La vente est faite au comptant.

Les acquéreurs payeront en sus des enchères cinq centimes par franc, applicables aux frais.

ORDRE DE LA VACATION.

N°s 84 à 182
1 à 83

CATALOGUE

PIÈCES GOTHIQUES

---

1. Biblia sacra. *Antuerpiæ*, 1574, pet. in-8, mar. r. fil.
compart. tr. dor. (Rel. italienne du xvie siècle).

Avec ces mots imprimés sur les plats : *Liberalitate cardinalis Bor-
rhomei.*

2. Les CL Psaumes de David, mis en vers françois par Phil.
Desportes. *Rouen, du Petit-Val*, in-42, front. par L. Gaultier,
mar. v. fil. tr. dor. (*Anc. rel.*)

3. Antiphonarium, xvie siècle ; manuscrit in-16, sur vélin,
musique notée, environ 200 feuillets, v. doré. (*Reliure du
temps.*)

4. Le Tableau de la croix. *Paris, chez Mazot*, 1651, pet. in-8,
mar. r. comp. tr. dor. (*Anc. rel.*)

Volume entièrement gravé : chaque page est ornée de figures.

5. Heures de Nostre-Dame à l'usage de Amyens. *Paris, pour
Guile de la Noue*, 1589, grandes figures sur bois. —
Extraits de plusieurs saincts docteurs contenant les grâces
du très-sacré et digne sacrement de l'autel. *Paris, de la
Noue*, 1590. — Les quinze effusions du sang de Nostre-
Seigneur. *S. d.* — 3 part. en 1 vol. pet. in-8, doré sur le
dos et sur les plats.

J. Hugonis a Slestat. Quadrivium Ecclesiæ quatuor præ-
latorum, officium quibus omnis anima subjicitur. — *Ce
présent livre a été achevé d'imprimer le premier jour
d'aoust l'an mil cinq cent et neuf pour Guillaume Eus-
tace... demourant à Paris...* in-4, figures.

Rare et recherché. Autres pièces dans le même volume.

7. S. Dionysii Acropagitæ Opera. *Parisiis*, 1565, pet. in-12, mar. br. tr. dor. plats et dos ornés de compartiments dorés.

8. Brief Traicté de monsieur Saint-Bernard, très-utile pour inciter et instruire tout vray et bon chrétien à aimer Dieu parfaictement, mis de latin en françois, par frère Jehan Cogneu, natif de Saint-Gilles en Rouergue, religieux à Bonneval, de l'ordre de Cisteaux. *Paris, Guill. Chaudière*, 1566, pet. in-8, cart. Grand de marges.

9. Histoire sacrée, en figures, pet. in-8, figures remontées.

10. Histoire des actions extraordinaires de Samson, inventée par François Verdier, 1698. Gravé par Audran et autres, in-4, obl. figures.

11. Angelus de Clavasio. Summa angelica de Casibus conscientiæ. *Impressum Clavasio* anno salutis MCCCC octogesimo sexto (1486), pet. in-4, à 2 col. vélin.

Premier ouvrage imprimé à Chivasso, près Turin.

12. De la Préparation à la mort, en trois traictez, par Melchior de Flavin, religieux cordelier. *Paris, Guill. Chaudière*, 1566, pet. in-8, cart. Grand de marges.

13. Les Trois Véritez, contre tous athées, par P. Charron. *Paris*, 1594, in-8, vélin.

14. Griefs et moyens d'appel, proposés par les religieux de l'abbaye de Cisteaux, concernant leur expulsion. *Dijon, chez Guy Anne Guyot*, 1643, in-4. — Soustenement des griefs des religieux de Cisteaux. *Dijon*, 1643, in-4, et autres pièces sur l'histoire ecclésiast. au xviie siècle.

15. Remontrance faite au Roy sur le pouvoir et autorité que S. M. a sur le temporel de l'État ecclésiastique, pour le soulagement de tous ses autres subjects, tant nobles que du tiers-état. *Paris, Ant. Estienne*, 1681. in-4, vélin.

16. Advertissement aux juifs sur la venue du Messie, par Phil. de Mornay, seigneur de Plessis-Marly, *Saumur*, 1607, in-4. — Hippocrate dépaysé, ou la version paraphrasée des Aphorismes en vers françois par L. D. F. (Louis de Fontenelle.) *Paris*, 1654, in-4.

17. Le grand Coustumier du pays et duché de Normandie. *Nouvellement imprimé à Rouen, par Nicolas Le Roux, pour François Regnault, Jehan Mallard à Rouen et Girard Auger à Caen*, 1539, in-fol. parch.

18. Coustumier en françois, pet. in-12, mar. r. tr. dor.

Manuscrit sur vélin du xve siècle, d'une belle écriture. Il est composé de 95 feuillets, orné de 3oo initiales et d'une miniature au commencement du texte. Le premier feuillet contient un rondeau de Nostre-Dame en français, l'Évangile selon saint Jean et le calendrier. Ce manuscrit renferme plusieurs chapitres sur les combats judiciaires. *Comment l'on doibt eslire des armes quand bataille est jugée, etc.*

19. Louange de la Loy, trad. sur l'original grec de Dion Bouchedor, par Fed. Morel, dédiée aux nourrissons de Madame Eunomie. *Paris, Fed. Morel*, 1598, pet. in-8, cart.

20. Moyen pour abréger les procès et ôter les empêchements de bonne et briefve expédition de la justice, par maître P. B. C. *Lyon*, 1565, in-8.

21. L. Servin. Arrest du parlement de Paris du 12 juillet 1601 sur la nullité alléguée contre un mariage clandestin, avec le plaidoyer de L. Servin. *Paris*, 1602, in-8. — Arrest... où il est jugé que le tiers détenteur, etc., avec le plaidoyer de L. Servin, 1602, in-8. — Arrest... sur l'incendie du monastère des Cordeliers, avec le plaidoyer de L. Servin, 1602, in-8. — Observations sur la Bigamie, par Jacques Leschassier. *Paris*, 1601, in-8. — 9 pièces en 1 vol.

22. Ordonnance de la Court des monnoyes sur le pris et valeur des demys réaulx d'or et philippus d'argent et l'ordonnance sur le cours et mise du sol parisis de nouvelle fabrication, etc... *Paris, Dallier*, 1565, 2 parties in-8.

23. Léonard Arétin (Bruni). Dialogues des vertus morales, contenant les Ethiques de Aristote, avec les vertus adjoutées par figures et exemples de ceux qui en icelles ont versé, ensemble aucunes sentences et réponses facétieuses des anciens philosophes, translatées du latin en françois par Claude Grivel de Verdun-sur-Saône. *Nouvellement imprimé à Paris pour Pierre Sergent* (1537), in-8, goth.

Bel exemplaire d'un ouvrage rare.

24. Albertus Magnus. Philosophia naturalis. *Brixiæ*, 1493, in-4, vélin.

25. G. Camerata, Trattato dell' honor vero e del vero del honore, con tre questioni, qual meriti più honore o la donna o l'uomo. *Bologna*, 1569, 4 parties in-4. — Vicenzo Auria. La Sicilia inventrice. *Palermo*, 1704, 2 part. in-4. — Burgi. Commentarii de bello Suecico quibus Gustavi Adolphi in Germaniam expeditio usque ad ipsius mortem comprehenditur. *Leodii*, 1633, in-4.

26. Pomp. Leti et Fenestelle opuscula. *Parisiis*, 1511, in-4. — Arithmetica Thomæ Bravardini, 1505, in-4. — Tractatus arithmeticæ practicæ, 1513, in-4, etc. 10 part. en 1 vol. in-4, v.

27. Tractatus proportionum Alberti de Saxonia, *Parrhisiis, s. a.*, in-fol. goth. — Geometria speculativa Thomæ Bravardini, 1511, in-fol. Lettres rondes.

28. Computus novus, dies festos uno digito disterminans, à Turello, astrophilo Divionense, editus. *Parrhisiis, apud Petrum Gaudoul* (1525), in-4, maroquin rouge. *Bel exempl.*

29. Baconi Historia naturalis de ventis. *Amstelodami, ex officina Elzeviriana*, 1662, in-12, broché, non rogné.

30. Herbolario volgare, nel quale le virtù delle herbe se dichiarano. *Venetia*, 1534, pet. in-8, vélin. *Nombreuses figures sur bois.*

31. Remède contre la maladie nommée la sueur d'Angleterre, régnant en plusieurs lieux. *S. l. s. d.*, in-4, 2 ff. lettres rondes.

En travers de la quatrième page se trouve une formule d'absolution pour ceux qui sont frappés de la maladie. Cette pièce est très-rognée.

32. Souverain remède contre l'épidémie, bosse ou mauvais air, composé de plusieurs docteurs et grands clers en médecine dedans Avignon au temps que la grand' pestilence y estoit. *Imprimé à Lyon par Claude Nourry, alias, le Prince. S. d.*, p. in-4, goth. fig. en bois, 4 ff., grand de marges.

33. Recherches sur les maladies chroniques, particulièrement sur les hydropisies, par Bacher. *Paris*, 1776, in-8. mar. r. tr. dor. *Aux armes de Turgot.*

34. Catalogue raisonné des tableaux, dessins et estampes des plus grands maîtres qui composent le cabinet de feu M. Potier, avocat au parlement, par les sieurs Melle et Glomy. *Paris, Didot*, 1757, in-12, br. — Catalogue des estampes qui composent l'œuvre de B. Picart, in-8, br.

35. Giov. Maggi. Fontane diverse che si vedano nel l'alma città di Roma. *L'anno* 1645, in-4, vélin, figures.

36. Albert Durer. Underweysung der Messung mit dem Zirckel unrichtscheyt in Linien ebnen und ganzen Corporen... (A la fin :) *Gedruckt zu Nuremberg*, 1525, in-fol. cartonné, nombreuses figures.

Exemplaire grand de marges de l'édition originale des traités de géométrie et de fortification d'Albert Durer.

37. Livre de Pourtraicture de maistre Jean Cousin. *Paris, chez Guill. Le Bé*, 1635, in-4, obl. fig. sur bois.

38. Recueil de testes de caractère et de charges dessinées par Léonard de Vinci et gravées par M. le comte de Caylus, 1767, in-4, figures en couleurs.

39. Petit Traité touchant l'art militaire fait en l'année 1694, in-12, mar. r. (Manuscrit.)

40. Lampadii Luneburgensis Compendium musices tam figu-

rati quam plani cantus, cum formulis intonandi psalmos, etc. *Bernæ, Matthias Apiarius*, 1539, in-8.

Ouvrage très-rare, avec musique notée.

41. Essai d'un dictionnaire comtois-françois (par madame Brun et Petit-Benoist). *Besançon*, 1753, in-8, et autres pièces.

42. Oraison funèbre de Christ. de Thou, prononcée par Jean Prévost le 14 novembre 1582. *Paris, Mamert-Patisson*, 1582, in-4.

43. Oraison funèbre de très - vertueux et illustre prince, Charles, cardinal de Bourbon, par Arnaud Sorbin, évêque de Nevers. *Nevers*, 1595, pet. in-8, et autres pièces dans le même volume.

44. Théoph. Renaudot. Oraison funèbre de Scévole de Sainte-Marthe. *Saumur*, 1623, in-4.

45. Ovidii Metamorphoseon libri. *Venetiis, Aldus*, 1502, pet. in-8, v. fers à froid (*Rel. du* XVIᵉ *siècle.*)

Exemplaire de Léon Füchs avec sa signature. Il fut médecin, botaniste et philosophe. Son nom a été donné à une plante d'origine américaine : le Fuchsia.

46. Abrégé de l'art poétique françois, par Pierre de Ronsard. *Rouen*, 1566, in-8.

Bel exemplaire.

47. Extraits de quelques poésies des XIIᵉ, XIIIᵉ et XIVᵉ siècles. *Lausanne*, 1759, in-12, v. m.

Exemplaire de R. Heber.

48. Ce règne de fortune auquel est montré la nature et puissance d'icelle afin que l'homme porte patiemment tout ce qui lui adviendra. *S. l. n. d.*, p. in-4, goth., 4 feuillets, fig. sur le titre.

Pièce en vers, non citée.

49. Les Œuvres de Régnier, contenant ses satyres et autres pièces de poésie. *Amst.*, 1710, pet. in-8, v.

50. Recueil de pièces galantes en prose et en vers par madame la comtesse de La Suze et de M. Pélisson. *Suivant la copie à Paris, chez Gabriel Quinet (à la Sphère)*, 1678, in-12 v. m.

51. Les Œuvres de Vergier. *Amst.*, 1731, 4 vol. in-12, v. m.

52. Les A propos de la Folie, en chansons grotesques, grivoises, et annonce de parade. 1776, 3 vol. pet. in-8, v. m., titres gravés, figures de Moreau.

53. L'Asino, poema heroi-comico d'Iroldo Crotta. *Venetia,* 1652, in-12, mar. r. fil. (*Anc. rel.*)

54. La Cleopatra, poema di Gratiani. *In Bologna,* 1653, in-12, mar. r. fil.

55. Poesie del cavalier fra Ciro di Pers. *In Tortona,* 1667, in-12, v. f.

56. Ricciardetto di Nicolo Carteromaco. *Parigi, Prault,* 1767, 3 vol. in-12, v. tr. dor. — Il Malmantile racquistato di Lorenzo Lippi. *Parigi,* 1768, in-12, v.

Reliure uniforme aux armes de lord Stuart de Rothsay.

57. Prose di Agnolo Firenzuola, Fiorentino. *Fiorenza,* 1552, in-8, maroquin citron, tr. dor., *armoiries.*

58. Corneille. Le Cid, tragi-comédie. *Paris, Augustin Courbé* (1637), in-12, 88 pages.

Édition originale dans ce format.

59. Corneille. Horace, tragédie. *Paris, Aug. Courbé,* 1641, in-12, 106 pages cotées par erreur 88.

Édition originale, imprimée en caractères italiques.

60. Corneille. Polyeucte martyr, tragédie. *Imprimé à Rouen et se vend à Paris, Ant. de Sommaville et Aug. Courbé,* 1644, in-12, 85 pages.

61. Corneille. La Mort de Pompée, tragédie. *Paris, Ant. de Sommaville et Aug. Courbé,* 1644, in-12, 71 pages.

Édition oriignale.

62. Corneille. Le Menteur, comédie. *Imprimé à Rouen et se vend à Paris, Ant. de Sommaville,* 1644, in-12, 91 pages.

Édition origtnale.

63. Le Théâtre de P. Corneille. *Paris, Guill. de Luyne,* 1682, 4 vol. in-12, v. br.

Édition rare.

64. Les Œuvres de M. Molière. *Amsterdam, Wetstein (à la Sphère),* 1691, 6 vol. in-12, fig. v. br.

65. Œuvres de Racine. *Paris, par la Compagnie des libraires,* 1702, 2 vol. in-12, v. br., titres gravés, figures.

Première édition publiée après la mort de Racine. Exemplaire grand de marges (160 millim).

66. Le Glorieux, comédie en vers par Destouches. *Paris, Le Breton,* 1732, in-12, maroquin rouge, tr. dor.

67. Catiline (Catilina). His Conspiracy written by Ben Johnson and now acted by His Majesties servants, with great

applause. *London*, 1635, pet. in-4. — The English school master. *London*, 1658, in-4 goth. et autres pièces.

Bel exemplaire d'un livre rare.

68. Ameto, overo Comedia delle nimphe Fiorentine, compilata da messer Giovan. Boccacci da Certaldo. *Firenze*, 1526, pet. in-8, 95 ff., titre encadré, maroquin vert. (*Rel. anc.*)

Bel exemplaire d'un livre rare.

69. Facétieuses paradoxes de Bruscambille et autres discours comiques, le tout nouvellement tiré de l'escarcelle de ses imaginations. *Jouxte la copie imprimée à Rouen*, 1615, in-12 allongé, d.-rel.

70. La Bibliothèque des dames, par de Grenaille, sieur de Chatounières. *Paris, Ant. de Sommaville*, 1640, in-4, v.

71. Règlement pour l'Opéra de Paris, avec des notes historiques. *Utopie, chez Thomas Morus*, 1743, in-12, broché.

72. Lettere del cavalier Marino. *Venetia*, 1627, pet. in-8, mar. r. tr. dor.

73. Le Pistole volgari di Nicolo Franco. *Venetiis*, 1542, pet. in-8, maroquin citron, dentelles, tr. dor. (*Rel. anc.*)

74. Voyage d'Alep à Jérusalem, par Maundrell. *Paris, Pierre Ribou*, 1706, in-12, v. br. fig.

75. Vrai Discours des choses plus nécessaires et dignes d'être entendues en la cosmographie (par G. de Terraube, abbé de Boilas). *Lyon, Rigaud*, 1568, in-8.

76. Fr. Robortelli de historica facultate, de nominibus Romanorum, etc... *Florentiæ*, 1548, pet. in-8, mar. gr. fil. tr. dor.

77. Décade contenant les vies des empereurs. *Paris, Vascosan*, 1567, pet. in-8, mar. r. (*Anc. rel.*)

78. Magagnati. Le Vite di Romulo, Tullo Ostilio in rime, etc. *Vinegia*, 1613, in-12, mar. r. compart.

79. J. Boyvinii ad observationem Er. Puteani de Flavia Domitilla ad Philip. Chiffletium epistola. Ejusdem de Er. Puteani circulo urbaniano ad eumdem epistolæ. Joan. Boyvinii ad Er. Puteanum de eadem re epistolæ. In-4.

Manuscrit autographe du président Boyvin, datée de sa maison de campagne de Saint-Ylie, octobre 1632, et six autres pièces dans le même volume.

80. La Gaule françoise de François Hotmann, nouvellement trad. du latin. *Cologne*, 1574, in-8, v. f.

81. Mart. Doleti de parta a Ludovico XII in Maximilianum ducem Victoria, cum Dialogo pacis. *Apud G. Gourmon-*

*

tium, s. d., in-4. — W. N. Ollandi Hollandiæ Gelriæque bellum. *Amsterd., s. d.*, in-4 gothique. (*Rare.*)

Et autres pièces dans le même volume.

82. Avis aux princes chrétiens sur les affaires présentes publiques, avec la réfutation en latin. *S. l. n. d.*, in-4. — Trialogue, ou Ambassade du roi François Ier en enfer, histoire du temps passé renouvellée au présent; les personnages, l'ambassadeur du roy François, Cerberus, portier d'enfer, Pluton, prince des diables. *Jouxte la copie imprimée à Anvers,* 1544, in-8. — Lettre écrite de Nancy au roi par Monsieur, le 29 mai 1631, et envoyée par lui au parlement pour la présenter à Sa Majesté. 1631, in-4. — Copie de la lettre écrite par Monseigneur au maréchal de Schomberg du camp de Saint-Chely, le 10 juillet 1632, in-4. — Avertissement d'un François de qualité à messieurs les bourgeois de la noble cité de Liége, sur la remontrance à eux faite par le baron de Rilhé et de Vierset. 1632, in-4. — Advis des marchands de la bourse d'Anvers à ceux de la place de Paris et du change de Lyon. 1632, in-4. — D. Franc. Quevedo Villegas. Carta al SS. Luis XIII, en razon de las nefandas acciones que cometió en la villa de Tillimon M. de Xatillon, *En Brusselas,* 1636, in-4.

Le tout relié en un vol.

83. Le Siège de Pavie. Ensemble : Assaulz : salliez : escarmouches et batailles : composé en latin par égrége personne François Régius : très expert Phisicien, lui étant à Pavie : et depuis translaté en françoys par Morillon au plus près du latin. *S. l. n. d.*, pet. in-4 goth. 28 ff. sign. A-G, IV.

Non cité. Bel exemplaire grand de marges. Pièce d'une grande importance comprenant le récit de la prise de François Ier à la bataille de Pavie.

84. Premier et second livre des dignitez, magistrats et offices du royaume de France, auxquels est de nouveau adjousté le tiers livre de cette matière, outre la revue et augmentation d'iceulx. *Paris,* 1556, 3 parties in-8. — Apologie de Marcus Equicolus, trad. de latin en françois. *Paris,* 1550, in-8. — La Gaule françoise de Fr. Hottmann, trad. en françois par Simon Goulard. *Cologne,* 1574, in-8. — Le Trésor des histoires de France, réduites par tiltres, partie en forme d'annotations, partie en lieux communs, par Gilles Corrozet. *Paris, Gilles Corrozet,* 1583, in-8.

85. Recueil des inscriptions, figures, devises et mascarades ordonnées en l'hostel de ville de Paris le jeudi 17 février 1558 : autres inscriptions en vers héroïques latins pour les images des princes de la chrestienté. *Paris,* 1558, in-4.

86. La Paix faite entre Henri II et Philippe, roi d'Espagne, les Roys et Roynes d'Escosse, Dauphin et la Royne d'Angleterre. *Lyon*, 1559, in-8, 4 ff. (*Titre déchiré.*)

87. Déploration et Oraison funèbre sur le trépas de Henri II : ensemble l'origine et faitz mémorables dudit Seigneur, par Jean Vezou. *Lyon, Saugrain*, 1559, 8 ff.

88. Epître du seigneur de Brusquet aux syndics et conseil de Genève. *Lyon*, 1559, in-8, 4 ff.

89. Lettres du Roi contenant le succinct du faict de la conspiration entreprinse contre Sa Majesté et les moyens proposés par icelle pour empêcher le chemin de cette entreprinse. *Lyon, Pierre Mérant*, 1560, in-8, 8 ff.

90. La Harangue au roi Charles IX à l'entrée de la ville de Rheims par le cardinal de Lorraine. *Lyon, Rigaud*, 1561, in-8, 4 ff.

91. Edit de Charles IX sur la pacification des troubles du royaume, le 29 mars 1562. *Troyes*, 1568, in-8.

92. Remontrances faites au roy par les trois états de Bourgogne sur l'édit de pacification des troubles du royaume (par J. Bégat). *Anvers*, 1564, in-8.

93. Lettres patentes du Roy, contenant la surséance de l'impôt du papier, données à Angoulême le 14 aoust 1565. *Lyon*, 1566, in-8, 8 ff.

94. Arrêt de la cour du parlement portant condamnation capitale contre Simon du May et déclaration d'innocence du seigneur Davantigny et la Tour. *Lyon*, 1566, in-8, 4 ff.

95. Missive du roy notre sire contenant que tous nobles et autres contribuables au ban et arrière-ban ayent à se tenir pourveus d'armes et de chevaulx. *Lyon*, 1566, in-8, 4 ff.

96. Lettre de Michel Nostradamus à la Reine mère du Roi. *Lyon*, 1566, in-8, 4 ff.

97. Le Nombre des chevaliers qui sont morts au siége de Malte en 1565. *Lyon, Rigault*, in-8, 4 ff.

98. Missive du roy notre sire contenant le payement de sa gendarmerie pour le quartier d'avril dernier, au troisième jour de novembre prochain auquel S. M. a assigné la monstre desdites compagnies. *Lyon*, 1566, in-8, 4 ff.

99. Lettres patentes du Roy notre sire, contenant la défense des armes, donné à Saint-Maur, le 23 novembre 1566. *Lyon*, 1566, in-8. (*Portrait de Charles IX sur le titre.*)

100. Lettre du Roy portant deffence à toutes personnes de ne violer ni enfreindre les édits de pacification, majorité et autres, sur peine de la vie, avec injonction de répurger la

ville de Paris des vaccabons et gens inutiles. *Lyon,* 1566, in-8, 4 ff.

101. Vrai Pronostiq par le maître-disciple de Nostradamus pour l'an 1567. *Lyon,* 1567, 20 ff.

102. Déclaration et interprétation des ordonnances de Moulins, faicte par le Roy sur les remontrances à lui faictes par les députés de sa cour de parlement de Paris. *Lyon,* 1567, in-8, 15 ff.

103. Considérations sur l'histoire françoise et universelle de ce tems, dont les merveilles sont succinctement rapportées, par Louis Leroy dit Régius. *Lyon,* 1568, in-8.

104. Discours sur les causes de l'exécution faite ès personnes de ceux qui avoient conjuré contre le Roy et son état.*Paris,* 1572, in-8, 19 ff.

105. Harrangue publique de bienvenue au roy Henri de Valois, roy éleu des Polonnes, prononcée par Stanislaus Carnecouvier, évesque de Uladilslavie. — Réponse à ladite Harrangue, par le Sr de Pibrac. *Paris, Mich. de Vascosan,* 1574, in-8.

106. Epistre envoyée à un gentilhomme françois estant en Allemagne, par Martin Regnier, conservateur apostolique de l'Université de Paris. *Lyon, Benoist Rigaud,* 1580, in-8.

107. Discours au roy sur la naissance, ancien estat, progrez et accroissement de la ville de La Rochelle. *Paris, Est. Richer,* 1629, pet. in-8. — De l'Université de Paris, par Ant. Loysel. *Paris, Abel Langelier,* 1587, in-8, et autres pièces.

108. Remonstrance faicte au roy pour le dissuader de l'Edict par lequel les Jesuites ont été depuis rappelez et restablis en France. 1610, in-12. — Remonstrance sur le parricide commis en la personne de Henri le Grand. 1610. — L'Estat de l'Espagne. 1594, pet. in-8, dérelié.

109. Récit véritable de ce qui s'est passé à Blavet, maintenant dit le Port-Louys, entre Monseigneur le duc de Vendome et le sieur de Soubize. *Lyon,* 1625, in-8. — Déclaration du roy contre le sieur de Soubize et ses adhérents, vérifiée au Parlement le 18 février 1625. *Lyon,* 1625, in-8. — La Magie des favoris et l'apologie ou réponse à la Chronique des favoris, l'Horoscope du connétable avec le Passepartout des favoris ; l'Ombre de monsieur le connétable à Messieurs ses frères. 1622, in-8. — Relation au vray de la deffaicte de 6,000 hommes envoyés par le duc de Féria pour le secours de Gennes et la prise de la ville et reddition du chateau d'Ostage, par le duc de Savoye, le 9 avril 1625 ; ensemble le nombre des personnes de marque qui ont été faits prisonniers pendant le combat depuis

deux heures après midy, jusques au soleil couchant. *Lyon*, 1625, in-8.

En un volume.

110. Malthe suppliante aux pieds du roy, contre l'auteur de l'abrégé des mémoires présentés à Sa Majesté pour la réunion de la Grande Maitrise de l'ordre Sainct Jean de Hierusalem à sa couronne (le chevalier de Moncal), (par Anne de Noberat). 1627, in-4. — Mémoires pour l'Université de Paris contre les estats de Flandres, l'Université de Douay, contenant la defense du droit de nomination de ladite Université de Paris, sur les collecteurs du comté de Flandres, et du diocèse de Tournay, et en particulier sur les bénéfices dépendant des églises collégiales de S\ :up :-Pierre de Lille, de S\ :up :-Amé de Douay et de l'abbaye de S\ :up :-Sauveur d'Anchin, par Cuvelier. *Paris*, in-4. — Réponse par le chevalier de Villegaignon à la Reine mère du Roi, sur les remontrances faites à cette princesse. *Paris, André Wéchel*, 1561, in-4.

Le tout en un volume.

111. Voyage de M. le Prince de Condé en Italie depuis son partement du camp de Montpellier le 9 octobre, 1622, jusqu'à son retour en sa maison de Mouron le 7 mars 1622. *Lyon*, 1635, in-12. — Les Sentiments universels du sieur Forget, sieur de la Picardière. 1641, in-12 (en vers), et autres pièces.

112. Les Vérités françoises opposées aux calomnies espagnolles, par un gentilhomme de Picardie (de Bienville). *A Beauvais*, 1635, in-8, v. f.

113. Nouvelles des heureux progrès des armées catholiques sur les Protestants, Suédois, et leurs confédérés, tirées des lettres écrites du Comté de Bourgongne. *Bruxelles*, 1634, in-4.

114. Nouvelles du Comté de Bourgongne, touchant les affaires d'Allemagne. 1634, in-4.

115. Responce d'un bon vassal du roy Catholique aux manifestes publiés par le roy de France touchant la guerre par lui déclarée contre la couronne d'Espagne, en juin 1635. In-4. — Déclaration de Son Altesse touchant la guerre contre la couronne de France. *Bruxelles*, 1635, in-4.

116. La Deffaicte de plusieurs troupes françoises en Lorraine, Luxembourg, etc. *Bruxelles*, 1635, in-4.

117. Copie des lettres du S\ :up :r d'Espenau, de Charnacé, Reaup et Talon, escrittes de Paris au cardinal de La Valette, interceptées par le S\ :up :r Maillart, gouverneur de Zirch, sur la Moselle. *Bruxelles*, 1635, in-4.

118. Exploits de la flotte royale de Dunkerke, sous la conduite du Sr de Graverelle, avec les visions de Hollande, présages apparens de leur ruine future. *Bruxelles*, 1635, in4.

119. Nouvelles de Colongne, du 8 février 1635, de la prise de Spire et de Heidelberg, par les Impériaux sur les François, aussi de divers endroits du comté de Bourgongne. *Bruxelles*, 1635, in-4.

120. Copie de la déclaration de guerre contre la couronne de France, faicte en Espagne au nom du Roy, par Don Juan Alonzo Enriquez de Cabrera. *Bruxelles*, 1636, in-4. — Déclaration touchant la guerre contre la couronne de France, in-8. — Advis au roi des Romains, Maximilien Ier, donné en 1491, par Me Olivier de La Marche, touchant la manière qu'on se doibt comporter à l'occasion de rupture avec la France. *Bruxelles*, 1635, in-4.

121. Copie d'une lettre .... datée de Chaussin, première ville frontière de France, le 19 août 1636, contenant la nouvelle assurée de la levée honteuse du siége de Dôle, par les François. In-4.

122. La Défaicte des levées françoises au pays de Liége, par les troupes de l'Empereur, et autres heureux exploits sur les mêmes par les garnisons de Namur et Bapaulme. *Bruxelles*, 1638, in-4.

123. Relation de la levée du siége de Fontarabie et des avantages emportés par l'armée espagnole sur celle de France commandée par le prince de Condé. *Bruxelles*, in-4.

124. La Prise du fort de Nivelet appelé du Nouveau Moulin et à présent de St-Jean, près de St-Omer, avec la deffaicte d'une partie de l'armée du maréchal de La Force, par le prince Thomas de Savoie. *Bruxelles*, 1638, in-4.

125. Relation des advantages emportez par l'armée espagnole sur la françoise près de St-Omer, sous la conduite du prince Thomas de Savoie. *Bruxelles*, 1638, in-4.

126. Discours sur le faict des partages de la maison de Nevers. Manuscrit in-fol. sur papier ; XVIe siècle.

127. Almanach militaire de la Garde nationale parisienne. *Paris, Lottin*, 1790, in-12, mar. r.

128. Le Valois royal, extrait des mémoires de Nic. Bergeron. *Paris, G. Beys*, 1583, in-8. — Discours traitant de l'antiquité, utilité, excellence et prérogative de la pelleterie et fourrure (par Charrier). *Paris, Billaine*, 1634, in-8.

129. Éloi Johanneau. Opuscules relatifs à la Bretagne ; — sur le culte de saint Sul et du denier à Dieu ; — sur une idole des anciens Saxons, etc. In-8, cart.

130. La Réduction des villes de Vanloo et de Ruremonde, par le Cardinal Infant, ensemble la défaicte de l'armée du duc Veymar de Saxe, près de Strasbourg, par le comte Jean de Wert. *Bruxelles,* 1637, in-4.

131. Discours préliminaire sur l'histoire d'Alençon, des comtes du Perche, des princes de la maison de France qui l'ont possédé de 1270 à 1584, par l'abbé de Malarville. *Alençon,* 1754, in-8. — Denys Sauvage. Parachèvement de l'histoire du royaume de Naples, extrait de plusieurs bons historiographes et croniqueurs (1458-1530) et ajouté à sa traduction du sommaire de P. Collennuccio. *Paris, A. l'Angelier,* 1563, in-8. — Traité historique de la succession à la principauté d'Orange, ou Sommaire du droit de la maison d'Orléans-Longueville sur cette principauté et pour montrer que la maison de Nassau n'y en a, n'en peut avoir ou prétendre aucun. *Paris, Barbin,* 1702, in-8. — Cl. Jurain. Histoire des antiquités et prérogatives de la ville et comté d'Auxonne. *Dijon,* 1611, in-8.

132. Le Comté de Montbelliard agrandi au préjudice de la Franche-Comté. 1789, in-8, d.-rel.

133. Almanach provincial et historique du Poitou. *Poitiers,* 1790, in-12, mar. r. (*Aux armes du duc de Chartres.*)

134. HIBERNIÆ sive antiquioris Scotiæ vinditiæ, adversus Th. Demsterum, auctore J. F. Veridico Hiberno. *Antuerpiæ,* 1621, in-8.

Très-rare. Voyez Brunet, t. II, col. 594. Autres pièces dans le même volume.

135. R. Heidensteni de bello Moscovitico quod Stephanus rex Poloniæ gessit. *Basileæ,* 1588, in-4, dérelié.

136. S'ensuit la vraie teneur des lettres contenant des lamentables inondations et élévations des eaux tant de mer que des rivières doulces, au pays de Flandres, Brabant et Hollande, aussi aux îles de Zélandes, avec plus des gros domaiges advenus, le 5me jour de Novembre, par icelles. *Escrit le 10mo jour de novembre par le tout votre frère et compagnon en la cité et bonne ville de Bruxelles, Pierre Duylstel, in-4, goth.,* 4 feuillets. (Grand de marges.)

Pièce non citée.

137. De Bello Belgico auspiciis excellentissimi Ambrosii Spinolæ, auctore Balino, Burgundione Vesulano. *Bruxellæ,* 1609, pet. in-8, vélin.

Petit livre fort rare et que ne possède pas la bibliothèque de Besançon. *Note manuscrite de M. Weiss.*

138. Lettres de la Sérénissime Infante et d'autres touchant les actions du Comte de Bergh. *Bruxelles,* 1632, in-4.

— Lettres de la Sér. Infante tant aux députés des trois états du pays de Liége, qu'aux bourguemestres et eschevins de la cité. *Bruxelles*, 1632, in-4. — Advis aux estats des provinces des Pays-bas, sur les lettres escrites de Liége, par le comte Henri de Bergh, et sur la déclaration par lui faite de ses mécontentements. *Impr. l'an* 1632, in-4.

139. La Prise importante du fort de Schink, sous la conduite du Sérénissime Infant, Cardinal. *Bruxelles*, 1635, in-4.

140. Copie de l'arrêt du grand Conseil de S. M. contre le comte de Hennin. *Imprimé à Malines*, 1636, in-4.

141. La Ville de Gueldre assiégée par le prince d'Orange et délivrée par le secours du Prince D. Fernande, infant d'Espagne. *Bruxelles*, 1638, in-4.

142. Les tristes nouvelles de Rome, advenues le 8me jour d'octobre l'an 1530, p. in-4, goth. 8 ff. Sign. A. B. IIII. (*Témoins.*)

La pièce se termine par un rondeau.

143. Cas merveilleux à ouïr et épovenlable à réciter de certains fleuves de feu et de fumée découlant du Montgibello près la cité de Randouza, advenu au mois de novembre 1566. *Lyon*, 1567, in-8, 4 ff.

144. Histoire du plus épouvantable et admirable cas qui ait jamais été ouy au monde, nouuellement advenu au Royaume de Naples, etc. *Lyon*, 1574, in-8

145. Valerio Fulvio. Aviso de Parnaso, nel quale si raconta la povertà e miseria dove è giunta la republica di Venetia, e el Duca de Savoia, scritto da un curioso novellista spannuolo. *Antopoli*, 1619, in-4. — Joach. Pastorii de Hirtemberg Bellum scythico-cosacicum. *Dantisci*, 1652-59, in-4.

Histoire de la guerre entre le roi Casimir, à son avénement au trône de Pologne, et les Cosaques.

146. Le Origine di Padova, di Lorenzo Pignoria. *Padova*, 1625, in-4, mar. br., tr. dor.

147. La Prinse de Mantoue, ensemble la capitulation du duc de Nevers, s'estant, à la dite prinse, retiré au fort de Porto. *Bruxelles*, V^e d'H. Antoine, 1630, in-4.

148. Vraye Relation de l'espouvantable tremblement de terre advenu le 27 mars, environ les neuf heures, en la province de Calabria. *Bruxelles*, 1638, in-4.

149. Manifeste du seigneur marquis de Liganez, sur l'entrée des armées du Roy Catholique dans le Piémont. *Bruxelles*, 1638, in-4. — Relation de tout ce qui s'est passé au siége et prise de Brème sous la conduite du marquis de Liganez. *Anvers*, 1638, in-4.

150. **Le excellent** et plus divin que humain voyage entreprins et faict par plus que illustrissime prince Charles César tousiours Auguste Empereur des Rommains et Allemaigne, Roy très catholique des Espaignes, etc.... pour son couronnement, Entrée ès Itales, Embarquement, Triumphe de Gennes, sa reçue aux pays d'Italie et du duc de Ferrare, avec le recueil que lui a faict notre Sainct Père le Pape à Bologne-la-Grasse et de l'entrée en icelle. *S. l. n. d.*, in-4, gothique, fig. — Le triumphant et magnifique estat en somptueuse cérémonie bien observée au très-heureux couronnement de très-noble et victorieux Charles-César-Auguste roi des Hespaignes et Empereur Quint de ce nom, par Clément pape VIIme, en la très-renommée cité de Boulongne-la-Grace, en grande majesté très-illustrement couronné le jour Saint-Mathias 1530. P. in-4, goth., 20 feuillets, signatures A. Eiiii.

Exemplaire rempli de témoins: Les deux ouvrages ont deux titres séparés, mais les signatures se suivent. Nous ne croyons pas qu'il ait jamais été cité.

151. Joan. Veteris (le Vieil) de obitu Caroli V imperatoris oratio. *Parisiis,* 1559, in-4.

152. Les Obsèques et grandes pompes funèbres de Charles V faictes à Bruxelles, trad. de l'italien en françois. *Lyon, Saugrain,* 1559, in-8. 8 ff.

153. Copie de diverses lettres touchant le roi catholique et la guerre entre l'empereur et le Grand-Turc. *Lyon,* 1567, in-8, 8 ff.

154. Léon de Castillo. Viage del rey Philippo IV à la frontera de Francia : desposorio de la Infante de España, D. Maria Theresa de Austria y solemne juramente de la paz. *Madrid, en la emprenta real,* 1667, in-4, port. — Copia del testamento del rey D. Carlos II. *Madrid,* 1700, in-4. — Lettre écrite de Portugal à Don Cristophe, deuxième fils de Don Antoine Ier, dix-huitième roi de Portugal par ligne masculine, trad. du portugais en françois. *Delft,* 1616, in-4.— Justification de don Antonio Ier roi de Portugal touchant la guerre qu'il fait à Philippe roi de Castille, ses sujets et adhérens, pour être remis en son royaume, avec une histoire sommaire de tout ce qui s'est passé à cette même occasion jusques en l'an 1583 inclusivement. *Leyde, Chr. Plantin,* 1587, in-4. — J. Carvatho Mascarenas. Memoravel relaçam da perda da não conceceam que os Turcos queimarão a vista da barra de Lisboa, varios successos das pessoas que nella Cativação. E descripção nova da citade de Argel, de seu governo e cousas mai notaveis acoutesidas nestes ultimos annos de 621 até o de 26. *Lisboa, Ant. Alvarez,* 1627, in-4.

155. Jacobi a Mellen. Series regum Hungariæ. *Lubecæ*, 1699, in-4, et 7 autres pièces reliées dans le même volume.

Ce volume contient les vies de 18 rois de Hongrie, de 1342 à 1699.

156. Nouveaux Advertissements de la prinse d'une forteresse nommée la Marguerite en Albanie, envoyez de la part du seigneur Marc Quirin. *A Lyon, par Benoist Rigaud*, 1571, in-8.

157. Le couronnement du très-illustre roy de Bolemen, archiduc Ferdinand, et de sa royalle majesté espousée la royne, fait en la grande et puissante cité de Prag, au royaume de Bohême en l'an 1527. Translaté au vray d'allemand en françois par Tuygaut de Koln, p. in-4, goth. 4 ff.

Exempl. grand de marges. Pièce non citée.

158. Relation de la forme en laquelle a esté donnée la bataille de la ville de Prague et de quelques particularités qui l'ont ensuivy. *Bruxelles, H. Antoine*, 1620, in-4.

159. Olympiade et sommaire des faits du comte de Bucquoy, lieutenant-général des armées impériales sous Mathias et Ferdinand II, par le seigneur de Myon. *Dôle, Ant. Binart*, 1630, in-4, 79 pages.

Les premiers feuillets sont défectueux.

160. Récit véritable et particulier de la bataille de Lutzen et victoire obtenue par l'armée de S. M. Impériale sur celle du roy de Suède le 16 novembre 1632. *Bruxelles*. 1632, in-4. — Actions de grâces à Dieu pour la mort du roy de Suède et victoire remportée par l'armée de l'empereur proche de Lutzen en 1632. *Bruxelles*, 1632, in-4.

161. Copie de lettre du duc de Fritland, escrite à l'Empereur, du camp à Steinaw, le 12 d'oct. 1633, avec les heureux succez de l'armée du duc de Féria, jointe à celle du comte d'Aleringer. Extraitz des lettres escrites de la Franche-Comté de Bourgongne, du 29 octobre 1633. *Bruxelles*, 1633, in-4.

162. Le dernier, plus véritable et plus particulier rapport de ce qui s'est passé dès le 17 février jusques à la fin dudit mois au regard du rebelle et traître Albert de Valstein, ci-devant duc de Fritland. *Bruxelles*, 1634, in-4.

163. Relation envoyée du camp, devant Nordlingen, de la victoire remportée par les Impériaux sur les protestants les 5 et 6 septembre 1634. *Bruxelles*, 1634, in-4. — Confirmation de la nouvelle de la grande victoire de Nordlingen, par lettres du roy de Hongrie, ensemble différents avis du comté de Bourgongne. *Bruxelles*, 1634, in-4. — Abrégé de

la 'grande victoire obtenue sur les Suédois près de Nordlingen. *Bruxelles,* 1634, in-4.

164. Brief Récit de la victoire de l'Empereur sur les Suédois,
par lettres de Vienne du 22 juillet 1637, in-4.

165. Relation de la muerte de l'Emperador Ferdinando II,
1637, in-4.

166. Relation particulière et véritable envoyée de Ratisbonne,
contenant ce qui s'est passé le 22 décembre 1637, à l'élec-
tion du roy des Romains, faite en la personne du roy de
Hongrie Ferdinand III. *Bruxelles,* in-4.

167. Relation de la surprise de la ville de Hanau, extraicte de
la lettre du colonel de Metternich au prince Thomas de
Savoie. *Bruxelles,* 1638, in-4.

168. Relation de la victoire obtenue par le comte de Hatzfeld
sur les troupes suédoises aux environs de la ville de Lemgau
en Westphalie. *Bruxelles,* 1638, in-4.

169. S'ensuyvent les faicts du chien insatiable du sang crétien
qu'il se nomme l'Empereur de Turquie. Lesquels lui et les
siens ont faits après qu'il avoit gaigné la bataille, le 28e jour
du moys d'aoust derrièrement passé : aux nres frères
chrétiens ; au pays d'Ungrye ; tout inhumainement et encore
faict tous les jours ; nouvellement translaté d'allemant en
françois. *A Gén.,* 1526, p. in-4. goth. 4 ff. (*Grand de
marges.*)

170. De l'Advénement du sultan Sélim à l'empire des Turcs et
des affaires de la Hongrie sur la fin de l'année présente
1566. *Lyon,* 1566, 7 ff.

171. Récentes Nouvelles des prinses et conquêtes contre les
Turcs,... prinses d'une lettre écrite de Rome. *A Lyon, par
Benoist Rigaud,* 1572, in-8.

172. Nouvelles des Indes, ou traicté traduit de langue portu-
galoyse en françois, contenant aucuns faicts mémorables
nouvellement advenus es Indes. *Paris, Jehan du Pré,* 1549,
in-8.

173. Relation de la reprise de isle et fort de Saint-Martin ès
Indes occidentales sur les Hollandois par l'armée catholique
soub la conduite du marquis de Cadracita, en juin 1633, in-4.

174. Récit de la descente des Hollandois à Callao et de la victoire que Dieu a donnée sur eux aux armes du roi catholique.
Bruxelles, 1638, in-4.

175. Boturini Benaduci. Idea de una nueva historia géneral de
la América septentrional, fundada sobre manuscritos de

Autores Indios, ultimamente descubiertos. *Madrid*, 1746, in-4, vélin.

Volume rare et très-bien conservé. Il y a à la fin un catalogue du musée indien de Boturini Benaduci.

176. Il Nobile, ragionamenti di nobilità, partiti in cinque libri, di Marco de la Frata e Montalbano. *In Fiorenza*, 1548, pet. in-8, v. f.

177. La Méthode du blason, par le père Menestrier. *Paris, Michallet*, 1688, in-12, v. br. fig.

178. Le Blason des armoiries, auquel est montré la manière que les anciens et modernes ont usé en icelles, par H. de Bara. *Paris*, 1628, in-fol. fig. et autres pièces dans le même volume.

179. Discours au roy sur le rétablissement de la bibliothèque royale de Fontainebleau, par Abel de Sainte-Marthe, 1668, in-4, et 6 autres pièces dans le même volume, in-4, v.

180. Desseins ou projets du sieur de la Croix du Maine présentés à Henri III pour dresser une bibliothèque parfaite en tous points, pour remplir cent buffets, chacun d'iceux contenant cent volumes. *Paris*, 1683, in-4.

181. Cornelii a Benghem. Bibliographia eruditorum criticocuriosa. *Amstel., apud Jensonnium*, 1701, in-12, mar. br. non rogné.

182. Lot de 45 vol. in-4 et in-8, contenant environ 300 pièces, principalement sur les questions religieuses aux XVIIe et XVIIIe siècles.

Paris. — Imprimerie Adolphe Lainé, rue des Saints-Pères, 19.